Uriel, todos mis cuentos
son para ti.

loqueleo

LA FIESTA SORPRESA
D. R. © del texto: Gabriela Fleiss, 2014
D. R. © de las ilustraciones: Elissambura, 2014
D. R. © Ediciones Santillana, S. A., 2014
Primera edición: 2015

D. R. © Editorial Santillana, S. A. de C. V., 2016
 Av. Río Mixcoac 274, piso 4, Col. Acacias
 03240, México, Ciudad de México

Segunda edición: octubre de 2016
Primera reimpresión: marzo de 2017

ISBN: 978-607-01-3256-8

Impreso en México

Este libro se terminó de imprimir en marzo de 2017, en
Corporativo Prográfico, S.A. de C.V., Calle Dos Núm. 257, Bodega 4,
Col. Granjas San Antonio, C.P. 09070, Del. Iztapalapa, México, Ciudad de México.

www.loqueleo.com/mx

La fiesta sorpresa

Gabriela Fleiss

Ilustraciones de Elissambura

loqueleo®

Cuando una fiesta de cumpleaños es sorpresa
puede salir un poco entreverada. Eso fue
lo que les pasó a los animales que organizaron
el cumpleaños del camaleón, y que no sabían
que él estaba preparando su propia fiesta.
Como el camaleón era muy travieso y a veces
se camuflaba para escuchar las conversaciones
de los demás, los animales decidieron pasarse
toda la información en secreto…
y ahí empezó la confusión.

El leopardo se acercó al chimpancé
y le dijo bien bajito en el oído:

—Este sábado es el cumpleaños
del camaleón.

Le estamos organizando una
FIESTA SORPRESA. Cada uno va a llevar
algo para compartir. Hay que correr la voz
entre los demás animales.

—¡Padrísimo! Ya entendí. El resto déjamelo
a mí —contestó bajito el chimpancé.

El chimpancé empezó a buscar a un animal
para contarle y se encontró a la jirafa, que estaba
descansando bajo un árbol enorme. El chimpancé
se trepó a una rama y le dijo en secreto:

—El camaleón cumple años el sábado. Le estamos
preparando una SIESTA SORPRESA. Tienes que
llevar algo para compartir y avisarle a los demás.

—¡Padrísimo! Ya entendí. El resto déjamelo
a mí —respondió cantando la jirafa.

9

La jirafa vio al jabalí en el agua y le dijo:

—Acércate que quiero contarte un secreto.

Cuando el jabalí se acercó, la jirafa le comentó:

—El sábado es el cumpleaños del camaleón. Estamos preparando una ORQUESTA SORPRESA. Cada uno traerá algo para compartir. ¡Ah! Y no te olvides de contarle a alguien más.

—¡Padrísimo! Ya entendí. El resto déjamelo a mí —respondió el jabalí entusiasmado por la noticia.

El jabalí se fue apurado a buscar a su amigo
el erizo. Lo encontró saliendo de su madriguera.

En cuanto lo llamó, el erizo se acercó
rápidamente y paró las orejas.

—¿Sabías que el sábado es el cumpleaños
del camaleón? Todos los animales le vamos
a armar una CESTA SORPRESA, que va a estar
llena de cosas para compartir. Hay que avisarle
a los demás —dijo el jabalí casi susurrando.

—¡Padrísimo! Ya entendí. El resto déjamelo
a mí —contestó contento el erizo.

El erizo salió a buscar a su amigo el flamenco,
que vivía cerca. Pero en el camino se encontró
con la cebra y aprovechó para contarle:

—El sábado es el cumpleaños del camaleón,
y como él siempre comparte y nos presta
sus cosas, cada uno le va a hacer un REGALO
SORPRESA. Piensa bien cuál va a ser el tuyo
y por favor cuéntale al flamenco, que vive
en esa casita que ves allá.

—¡Padrísimo! Ya entendí. El resto déjamelo
a mí —dijo alegremente la cebra.

La cebra fue directo a la casa del flamenco
y lo encontró arreglando las flores de su jardín.
Se acercó y le dijo en secreto:

—¿Ya te enteraste de que el sábado es el
cumpleaños del camaleón? Vamos a juntarnos
todos, y la SORPRESA es que cada uno va a traer
algo que APESTA. Tenemos que ser muy creativos.
Por favor, avísale a alguien más —terminó de decir
la cebra en secreto.

—¡Padrísimo! Ya entendí. El resto déjamelo a mí
—respondió el flamenco pensando ya en alguna travesura.

El flamenco pasó por la casa de su vecina
la gacela, que estaba preparándose para correr
carreras con sus primas.

—Gacela, ven que te quiero contar un secreto.
La gacela se acercó corriendo.

—¿Recuerdas que el sábado es el cumpleaños
del camaleón? Bueno, la SORPRESA es que
vamos a hacer una APUESTA para ver quién
tiene el mejor disfraz. Yo ya sé qué me voy
a poner —dijo divertido el flamenco.

—¡Padrísimo! Ya entendí. El resto déjamelo
a mí —dijo la gacela guiñándole un ojo.

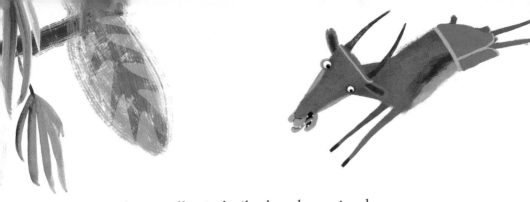

Finalmente llegó el sábado y los animales
se reunieron en el lugar de la fiesta. ¡Qué gran
lío se armó! El leopardo llevó un enorme pastel
de varios pisos, el chimpancé tenía puesto su
pijama, la jirafa llevó su saxofón, el jabalí llegó
con una cesta repleta de frutas, el erizo llevó
un regalo muy especial, la cebra llegó sin bañarse
y con su perfume de zorrillo, el flamenco
se disfrazó de pirata, y la gacela —que era
muy distraída y siempre estaba pensando en el
deporte— se vistió con su mejor ropa deportiva.

22

Todos los animales se miraban entre
sí y no paraban de reírse a carcajadas.
De repente, vieron que a lo lejos venía
el camaleón y se escondieron.

Cuando llegó, todos salieron de atrás
de los árboles y le gritaron:

—¡SORPREEEEESAAAAA!

¡Qué fiesta tan maravillosa resultó!
Los animales jugaron, cantaron,
comieron y se divirtieron como locos.
El camaleón estaba emocionado.
No entendía muy bien lo que había
pasado, pero sabía que sus amigos eran
los mejores que podía tener.

Gabriela Fleiss

Es uruguaya. Nació en Perú en 1979. Desde los nueve años vive en Montevideo. Creció entre libros porque sus papás tenían una librería, y desde niña siempre soñó con ser escritora. Es licenciada en Ciencias de la Comunicación. Trabaja con adolescentes y jóvenes dentro del ámbito de la educación no formal y es docente universitaria.

Aquí acaba este libro
escrito, ilustrado, diseñado, editado, impreso
por personas que aman los libros.
Aquí acaba este libro que tú has leído,
el libro que ya eres.